백전문학 白戰文學 2025

다시, 백전(白戰)

김복진/ 손편지를 쓰며
문학철/ 봄비에 널다
박해리/ 여름의 입술
유종호/ 어디에서 오나, 꽃빛
최돈석/ 가을, 노랑나비

《백전(白戰)》《백전(白戰)》《백전(白戰)》《백전(白戰)》《백전(白戰)》《백전(白戰)》

도서출판 지식나무

다시, 백전 (白戰)

시인이 맨손으로 세계와 전투를 하겠다는 선언이다.

'백전白戰'은 백병전白兵戰을 줄인 말이다. 일반적 의미로 백병白兵은 칼, 검, 창 같은 근접 무기를 장비한 병사를 의미한다. 그래서 백병전은 도검 등으로 벌이는 근접 전투를 일컫는다. 세계를 장악한 적敵이 어떤 살상 무기를 지녔더라도, 백병인 우리가 한 마디의 쇠붙이조차 지니지 못한 맨손뿐이라 하더라도, 부조리한 세계와 맞서 싸우겠다는 선언이 백전이다. 여기서 촌철寸鐵조차 지니지 못한 맨손인 우리가 들 수 있는 무기는 말이며 말의 정화인 시이다. 명백한 적을 눈앞에 두고 있는 백병이 울림 있는 소리인 시로 부조리한 세계와 맞서 싸움에서 물러서지 않겠다는 선언이 백전이다.

사십 년이 지났다.

부조리한 삶의 현장으로 낙하하면서 맨손의 병사는 대학을 나서며 맨손이 아닌 사회인이 되었다. 세계는 겹겹으로 복잡해지고 세계의 부조리 또한 복잡 모호해졌다. 보드랍던 신록이 뻐득뻐득한 녹음으로 넘어갔다. 적을 놓치고 더욱더 부조리한 복잡 세계 속으로 흩어진 우리는 각개전투로 시와 멀어졌다 다가갔다 했다.

연이 이어져 닿은 이가 다섯이다. 또다시, '백전'은 맨손으로라도 세계와 치열하게 싸우며 살아야 한다. 이제는 백병으로 살아온 각자의 삶을 녹여 시를 쓰려고 한다.

부조리한 세계에 대한 고발의 목소리가 나직하더라도 여전히 살아 있음을 증명하려 한다. 천 개의 표정과 발톱을 감추고 밀려오는 파도 주변을 서성이며 순수를 가꾸려 한다. 길과 길로 이어져 마주한 하루가 일기로, 그것을 시와 노래로 쌓는다. 꽃과 새와 달과 바람과 당신의 말을 시로 피워낸다. 언어를 통한 소통의 놀이로 경험을 창조한다.

백전은 선언이다. 언어로 창조하는 경험이다. 삶이다.

[차례]

<김복진 작은 시집>

손편지를 쓰며

[차례]

<문학철 작은 시집>

봄비에 널다

[차례]

<박해리 작은 시집>

여름의 입술

[차례]

\<유종호 작은 시집\>

어디에서 오나, 꽃빛

[차례]

<최돈석 작은 시집>

가을, 노랑나비

<김복진 작은 시집>

손편지를 쓰며

[시인의 말]

김복진

대구 출생. 경북 칠곡에서 교직 생활 후 퇴직.
시 전문지 《주변인과시》, 《시》 작품 활동
시집 『구절초 편지』(2003)

경주 옥룡암에서

지난 여름 뙤약볕을 뚫고
뻐꾸기 울음소리 온 산을 헤매고 있었다.
여름 한 철 지내고 나면
먼 길 떠나야 하는데
짝을 찾지 못해 우는가.
긴 울음소리는 애타게 옥룡암을 휘감고 돌아
탑곡마애불상 소매자락 속으로 숨어들고
마애불상 앞 석탑은 긴 그림자를 드리우며
뻐꾸기 울음소리 보듬어
남산 자락 골골이
메아리로 흩뿌려두었다.
오가는 솔바람 타고 돌아다니다
겨울날 탑골길 개천 얼음장 밑
뻐꾸기 울음소리 물소리로 들려온다.

가을, 황매산

가을, 10월이 오면 황매산으로 가자
하늘빛이 뚝뚝 떨어져 발밑으로 번져 나갈 때면
황매산으로 가자

언덕 너머 억새 사이 숨어 있는 바람 몇 조각 끄집어내어
구절초 개쑥부쟁이 위에 흩뿌려 놓고
수줍게 숨어 꽃 피운 물매화에게 안부 전하며
정상 오르는 나무 계단 한 편에 기대어 졸고 있는
투구꽃 바라보며
내 유년의 첫사랑 고백을 들추어 보자

가을 속 꽃길을 걸어 걸어 황매산
정상석 바위 아래에 앉아 유년 시절
책받침 받치고 침 발라가며 써 내려간
그리운 연서 몇 구절

슬며시 산 그림자에 숨겨 놓고 오자

가을, 그리고 10월은
황매산으로 가자

팔공산 염불암에 올라

가뿐 숨 몇 번이나 몰아쉬며 오른
팔공산 동봉 아래 염불암
마애불상 앞 뜨락에 서서
감로수 한 모금 목 축이며
고개 들어보니
덩그러니 바람 한 줌
극락전을 휘감고 도네

스님은 출타 중인가 보다
염불 소리 들리지 않고 풍경 소리만
바람 따라 들려오는 걸 보니

어디선가 노랑할미새 한 마리
먹이 물고 어린 새끼에게 날아가다가
다음 주가 부처님오신날이라
뜨락에 걸린 자그마한 등 위에 앉아
등 하나 켜고 가야겠다며
애타게 스님을 부르는데

"니가 앉은 그 자리 니 등 하거라"
구름 속에 스님 목소리
산허리를 감싸고 내려오네.

김복진 _19

흰목물떼새

밤새 내린 눈들이 강가 자갈 위로
수북이 쌓여 있습니다.
한참을 눈 크게 뜨고 바라보아야 보이는
흰목물떼새[1] 한 마리
얼어붙은 눈밭 위에 부지런히 쪼아댑니다.
추운 것보다 배고픈 게 먼저인가 봅니다.
저러다 감기라도 걸리면 어쩌지
속으로 되뇌어 보며 바라봅니다.
맨발인데 털신이라도 신고 나오지
괜시레 내 발이 시려옵니다.
얼음장 밑으로 겨울 지나가는 소리에
작은 발 재바르게 움직입니다.
한 발이 시려우면 떼었다가
다시 발 바꾸어 걸으면 덜 시려울까
나도 따라 빨리 왼발 오른발 바꿔가며 걸어
봅니다.

---

1) 흰목물떼새 - 호수나 못의 모래땅, 논, 산지 물가, 하구
   삼각주, 바닷가 모래땅 등지에 찾아와 겨울을 나는 도요
   목 물떼새과의 조류

그러다가 푸드덕 하늘로 날갯짓하며
강 건너편으로 날아갑니다.
발이 시려우면 하늘을 날면 되는구나.
시린 내 옆구리엔 날개가 없다.
제 자리에 풀쩍 뛰어보지만
몸뚱이 속에 무엇이 가득한지
난 날 수가 없어 오늘도 제자리에 가만
먼 하늘만 바라봅니다.

손편지를 쓰며

아내는 환갑을 맞이한 아침에도
어김없이 사무실로 출근을 했습니다.
나는 빈방 책상에 앉아
아내 몰래 마련한 선물과 꽃바구니
그리고 꽃편지지를 꺼내
손편지를 씁니다.
퇴근하고 돌아올 아내를 생각하며
내 사랑 당신에게!
낯선 단어 사이 사이마다
낯간지러운 단어들이
꽃편지지 위로 마구 뒤엉킵니다.
연애 시절 달빛도 별빛도 불러 모아
봄향내 가득 담아서
쉬이 몇 장을 넘겼는데
흰 머리 가득한 나는

이제 스무 줄을 넘기기가 힘이 듭니다.
살아가는 이야기들만 주저리주저리
행간을 메꾸어 놓고서

그냥저냥
건강 이야기만 몇 구절 덧붙여
이만 총총
마침표를 찍습니다.

겨울 山寺에서

눈으로 덮여버린 세상 속
山寺는 깊은 잠에 빠져들었습니다.
대적광전 뒤 사리탑 속
부처님은 모처럼 단잠을 자느라
밤새 내린 눈 소리를 듣지 못했습니다.
대적광전 처마 끝 풍경도
잠 깨울까, 소리를 멈춰버린
겨울 山寺
뜨락 앞 눈 쌓인 3층석탑 주위
바위종다리2) 서너 마리
발자국소리
눈 속에 몰래 숨겨둡니다.

---

2) 바위종다리 – 국내에 드물게 찾아오는 겨울 철새로
   높은 산 바위 지대에 서식

윤슬

바다에 가면
늘상
해가 뜨고 해가 지고
바람이 불고 바람이 자고
비가 오고 비가 그치고
다시
달이 뜨고 달이 지고
그리고
숨 멎음
그 순간
한 줄기 빛이
부서져 내린다.

백화산 반야사에 가면

영동 백화산 반야사에 가면
반야사 낮은 담장을 휘돌아서
석천계곡 흐르는 물소리를 들으며
문수전에 올라보면
올라가는 가파른 계단에는
봄바람이 뒤따라오고
진달래꽃 떨어진 자리마다
옹기종기 제비꽃들이 돌 틈에 모여
꽃계단을 만들어 주는 봄날의 오후
문수전 법당에 들어서면
석천계곡 흐르는 물소리도
쇠물푸레 잎사귀를 흔드는 바람소리도
큰부리까마귀 사랑 찾는 애타는 울음소리도
어느 틈에 따라 들어와서는
함께 두 손 모우고 절한다.

뻐꾸기 울음소리

중간고사도 끝나고
동네 무논의 개구리 소리마저
끊어진 무료한 5교시 국어 수업
교실 창문을 두드리는 뻐꾸기 소리에
폐교를 앞둔 2층 3학년 교실
여덟 명의 아이들은
저마다의 손나팔 모양으로 하고선
뻐꾹 뻐꾹 화답을 합니다.
국정교과서의 알량한 지식을 내뱉는
저들의 어눌한 선생님 목소리보다는
뻐꾸기 소리가 더 귀에 들어오나 봅니다.
아이들에게 뻐꾸기 관련 이야기를 들려줄
요량으로
나는 시 한 편 칠판에 써 내려가는데
다 적고 뒤돌아보니
그새 아이들은 책상 위에 엎드려
달콤한 낮잠에 취했습니다.

천성산 조계암 무문관에서

바람도 낮게 흔들리며 지나가는 곳
산새들도 소리 낮춰 지저귀는 곳
세상에서 부대끼면서 알던
알음알이는 내려놓고 들어서야 하는 곳3)
산허리에 감긴 흰 구름 끝자락에
문 앞에 걸린 큰 자물쇠 툭 스치니
대웅보전 처마 그늘에서
엎드려 졸던 늙은 황구가
멋쩍은 하품을 하고선
슬그머니 다시 엎드려 자는
천성산 조계암 무문관

---

3) 무문관 주련 - 입차문래(入此門來) 막존지해(莫存知解) - 이 문에 들어오면 알음알이를 내지 말라

고택에서 빗소리를 듣다

여름이 시작되는 어느 날
영천에 사는 지인의 종갓집 고택
사랑방 툇마루에 앉아
처마로 떨어지는 빗소리를
무심하게 바라보며 듣다가
두 손 내밀어 보니
손바닥으로 넘쳐흐르는
빗방울 소리가
변두리 도시의 동네 골목길
모퉁이 첫째 집
콜타르 칠한 양철지붕
내 어릴 적 살던 집에
비가 내리는 날
청마루에 앉아 다듬이질하던
내 어머니가 몰래 내뱉는
한숨소리임을
이제서야 듣게 됩니다.

봄날의 팔거천 일기

① 사월 말
깊어가는 봄날의 따스함 속으로
오늘도 집 앞 팔거천을 걷습니다.
여린 물살들이 돌자갈 사이 흐르다가 멈춘 자리
에는
청둥오리 새끼 열두 마리가 옹기종기 엄마 품
에 안겨
봄 꿈을 꾸고 있었습니다.
사람들의 발자국소리에 가끔 눈을 떠 보기도
하지만
어미 품을 떠나려 하지 않습니다.

② 오월 초
간밤에 비가 계속 내리더니 새벽까지 그칠 줄
모릅니다.
강폭이 채 10미터도 되지 않는 자그마한 실개
천 돌다리는
봄비의 가녀린 빗줄기에도 이미 물이 넘쳐 세
차게 흘러내립니다.

돌다리 위에서 청둥오리 어미는
돌다리 아래 휩쓸려 내려간 열두 마리 새끼들이
물 위로 솟은 돌 무더기 위에서
서로 살을 맞대며 모여 있는 모습들을
한참이나 바라보다가 뭐라뭐라 소리 지릅니다.
새끼들 중 하나가 그 소리를 듣고 바위에 내려
물살을 가르며 어미가 있는 돌다리 위로 용기를 내어 올라봅니다
뒤이어 다른 새끼들도 따라서 헤엄쳐 봅니다.
하지만 이내 물살을 거스르지 못하고 휩쓸려 떠내려가다가
다시 바위에 간신히 올라섭니다.
우산 쥔 내 손이 자꾸 움켜쥐고 있었습니다.
이 우산이라도 내어 사다리라도 만들어 주고 싶지만
저 청둥오리 새끼들에겐 물살보다 더 무서운 게
인간들의 발자국소리임을 나는 알고 있습니다.

팔거천변을 산책하는 이도 없는 비 내리는 이른 새벽

그렇게 한참을 애태우며 새끼들을 바라보던 어미 청둥오리는

그만 돌다리 아래 물살 따라 내려갑니다.

그제서야 새끼들도 줄 맞춰 하나둘 어미를 따라 내려갑니다.

물살을 거슬러 오를 수 없으면 내려가는 법을 어미는 새끼들에게

보여주나보다 생각하며 돌아 나옵니다.

③ 오월 중순

오월이라도 뜨거운 햇살이 종일 물살에 내려앉는 팔거천변

먼 발치서 청둥오리 어미는 새끼들을 바라보지만

이제는 지네들끼리 몰려다니며 어미에게 눈길 한 번 주지 않은 채

사람들의 발자국소리 따라 흩어지기도 하고

몰려다니기도 하면서
연신 부리를 물속으로 내지르며 늦은 봄날의
풍경을 만들어 냅니다.
어미는 꽥꽥 소리쳐 보지만 천변의 물살을
뚫지 못하고 맙니다.

시월 묘삿길

데모대에 휩쓸릴까 걱정하신 아버지께서
내 손을 잡고서 데리고 간 첫 고향 묘삿길
70년대 후반 전깃불도 없던 시절
주산지 넘어가는 배나무골 깊은 자락
낯모르는 일가친지들과 어울려
지루한 하룻밤을 보냈습니다.
다음날 산새 소리마저 끊어진 골짝을
두 골이나 헤매면서 만난
다 허물어져 간 묘지에서
이름도 얼굴도 모르는
고조부, 고조모, 증조부, 증조모라고
아버지께서 일러 주셨습니다.
함께 엎드려 잔을 올리고
두 번씩 절을 해야 했습니다.
흰머리 주름 패인 아버지는
술잔의 술을 묘지 위로 흩뿌리며
일가친지들과 함께
어린 시절을 되새김하고 있었습니다.
아버지가 돌아가시고도 한 해도 거르지 않고

찾아 나선 고향 묘삿길
올해도 여든을 훌쩍 넘긴 사촌 형님 두 분은
몇 해 전부터 다리가 불편해
산 입구 양지쪽에 앉아서 기다렸고,
나와 같이 육십 줄에 들어선 조카들과 함께
단풍 든 길 따라 끊어질 듯 이어지는
산길을 습관처럼 걷고 또 걸어갑니다.

섬초롱꽃

울릉도 나리분지에 하루 종일
가을비가 내리던 날
우산 받쳐 들고 숲길을 걷습니다.
신령수 가는 숲길 언저리에
아직도 섬초롱꽃 한 송이
꽃잎을 떨구지 않고 피어
비에 젖은 벌 한 마리
꽃잎 속으로 후다닥 감추어 주고
이따금씩 꽃잎을 흔들어 대던
바람 한 줄기도 불러
꽃잎의 좁은 틈새로 안아줍니다.
나리분지에 비가 내리는 날
섬초롱꽃은 꽃잎을 닫지 않은 채
오래오래 피어 있었습니다.

날개하늘나리

소백산 국망봉4) 정상에는 한여름
천 년의 하늘을 지켜내지 못한
마의태자의 한 서린 눈물방울들로 피워낸
붉은 꽃들이 산정에 피어납니다.
산정의 능선 가득히 내려앉은
뜨거운 햇살들만
하늘 향해 펼쳐진 꽃잎 위로
오래오래 내려앉았는데
산마루 고사목 가지 끝에 앉은
휘파람새 한 마리가 한동안
날개하늘나리5) 꽃잎 속에 감춰진
울음소리를 토해내고 있었습니다.

4) 국망봉 - 소백산맥의 산으로 마의태자가 금강산으
   로 가는 도중 올라 경주 쪽을 바라보며 눈물을 흘
   렸다는 전설이 있는 산
5) 날개하늘나리 - 고산지대에 분포하는 백합과의 멸
   종위기 2급 식물

[시인의 말]

대학을 졸업하고 결혼하고 나서 나는 내가 하고 싶은 일보다 해야 할 일을 해야만 했습니다.

5년 전, 정년을 한 후에는 하고 싶은 일들을 하면서 하루하루를 보내고 있습니다.

1. **매일 2만 보 이상 빠짐없이 걷기**
2. **산과 들에 피는 우리 자생식물 모습 사진에 담기**
3. **산, 강, 바다에 찾아오거나 살아가는 새들 모습 사진에 담기**
4. **주말 아내랑 산중암자(山中庵子) 찾아 기도하기**

그렇게 마주한 내 하루를 머릿속에 저장해 둡니다. 오고 가며 부대낀 사람들, 산길에서 마주한 새와 꽃들을 바라보며 이야기를 나눕니다. 산중암자를 찾아 나설 때면 늘 함께 걸음 한 바람과 물소리를 생각합니다. 길 위에 뿌려진 내 언어들을 모아 언제나처럼 하루의 일기를 씁니다.

나의 일기가 詩가 되었으면, 노래가 되었으면 하는 바람으로 걸으면서 정리합니다. 돌아와 장롱 서랍 맨 아래 칸에 차곡차곡 넣어둡니다.

40_ 손편지를 쓰며

<문학철 작은 시집>

봄비에 널다

 [시인의 말]

문학철

상주 출생. 《주변인과문학》 편집주간 역임
시집 『산속에 세 들다』 외, 소설 『황산강』
시 감상집 『관광버스 궁둥이와 저는 나귀』

그대 하늘에 귀 하나 걸다

날개옷 찾아 뒤도 돌아보지 않고 훨훨 날아
올라 가더니 이 깊어지는 가을에 아랫녘 궁금
하나 봅니다.
당신, 추석날 송편같이 뽀얀 귀를 걸어놓았
습니다, 그려,

새아기는 공부로, 아들은 그 뒷바라지로,
딸은 제 일로 해와 달 잘 굴려 가고 있습니
다.

이 저녁, 사방천지 가득 찬 풀벌레 소리 녹
여낸 사랑으로, 하늘은 반물빛으로 깊고 깊습
니다.

나도
그대 하늘에
귀를 걸어봅니다, 그려,

이별가 離別歌

만난 적 없는 이별이 저만치 산자락 모롱이를
바스락,
바스락 앞서 걸어간다.
시월 저물녘 선선한 바람처럼,

산자락 끝은 강물에 닿고, 강물엔
두 그루
노랗게 물들어
물속에 거꾸로 선 늙은 미루나무처럼,

나지막하니, 녹슨 붉은 양철지붕처럼,
울 없는 마당 끝 의자처럼,
지는 해에 흰머리 붉게 물드는 노인,
마당에 고이는 희미한 어둠처럼,
나직나직 깔리는 *사랑, 그 쓸쓸함처럼,

서녘 금빛 햇살처럼, 새들이
바람에 떠올라

강물 위, 노 저어 맴도는
한 사람 곁에 머물다 가는 것처럼,

자음, 모음으로 잘게 부서지는 윤슬처럼,
미소도, 눈빛마저도 삭아 내린
시간 속에서
강 건너 산자락 끝에 닿는 바람처럼, 새처
럼
의자 하나
희미한 어둠 속으로 사위어 가는 것처럼,

[[덤]]
※**사랑 그 쓸쓸함에 대하여**
양희은 작사, 노래, 이병우 작곡
(여기선 최백호 노래)

청복淸福

차 안이 꽉 찼으나 빈 곳이 허전하다.
운전대를 잡았다.
혼자인 딸은 옆자리에,
아들과 새아기는 뒷자리에,

가성비라나, 값에 비해 맛있다나, 푸른 동해가 보이는 언덕 위 칼국수 집에 선녀랑 한 달에 두어 번은 갔다. 두 시간도 넘는 거리, 가성비 아녜요. 에~, 드라이브하는 김에 들렀겠죠. 중국집으로 바뀌었네요.

선녀랑 먹던 칼칼한 매운 칼국수는 없어 짜장을 먹었다.

한반도 동남쪽, 남동쪽 바닷가 가슴 한 자락 비워 놓고 나흘간 잘 웃고 잘 먹고 잘 놀았다. 난 자리는 안다고, 세 집이 모여 북적거리더니 집안이 휑하다. 혼자 남은 집이 적요하다. 여주, 작두콩 키우는 화분, 작년에 심어 넝쿨을 가꾸는 능소화, 마당 잔디에도 물 흠뻑 주고 한숨 푹 잤다.

모두 잘 도착했다니 다행이다.

홀로 걸어 다닐 수 있고,
일없어 한가롭거늘, 어찌 외로움을 말하랴.
청복淸福이다.

봄비에 널다

밤새도록 젖은 묵정밭 두둑, 검은
감나무 고목古木도
연둣빛 새순을 내고, 찔레
무덤 하얗게 덮은
향내가 달다.

젖어 내리는 비에 산자락 갈참나무도
겨울 건넌 갈잎을 내려놓는다.
다 벗고
새 몸을 입는다.

어제보다
새롭고
내일은 깊어진다.

낡고 마른 몸을 두드려
봄비에 넌다.

명예 名譽

천수를 누린 호랑이는 가죽 째 썩거나 다른 짐승의 먹이가 되어 자연으로 돌아간다. 사람에게 사냥당한 호랑이만 가죽을 남긴다.

나는
무엇에
사냥당하고 싶은 것일까.

감나무 단풍

저 북쪽으로부터, 높은 곳으로부터, 단풍이 내려옵니다.

비운다고들 합니다.
초록을 태우면서, 때죽나무, 고로쇠나무, 물박달나무는 노랗게 물듭니다.
오배자나무, 단풍나무는 붉게 물듭니다.
이들은 모두 여러 낮과 밤을 쉼 없이, 그야말로 부단히 비워내어 단풍 듭니다. 점수漸修 합니다.

은행나무는 하룻밤 사이에 머리에서 발까지 노랗게 초록을 지웁니다. 돈오頓悟 합니다.

나는 감나무일까요.
몇 날 며칠 지운다고 지웠으나
얼룩덜룩
단풍 든 잎사귀로 떨어질 뿐입니다.
아~ 그래도, 붉은 감 몇 개

허공에 매달아 둡니다.
매달린 감들이
쓰다가, 쓰다가 다 못 쓴 내 시일까요.

극락암 영지影池에서

    커다란 붓으로 청남색 듬뿍 묻혀서 하늘에 힘차게 두어 번 붓질했습니다. 영축산 마루 병풍 바위들이 훤하게 드러납니다. 이윽고, 새파랗게 어린 붉은 화룡火龍 한 마리 하늘을 찢고 '툭' 떨어져 내렸습니다. 산등성이 뛰어다니며 불 질러대더니 극락암 그림자 연못가 늙은 벚나무 위로 숨돌리며 내려앉았습니다.

    [1] 바위 절벽에 손가락으로 구멍을 내고, 아홉 용이 살던 연못 메꾸더니, 율사 아득히 [2] 10만 8천 국토 낮달로 건너갔습니다.

    열려 있는 여여문如如門 지나 눈썹 하얗게 센 낡은 먹물 장삼 하나 환영幻影처럼 계단 천천히 밟으며 내려옵니다.

    화룡은 가지 길게 늘어뜨린 늙은 벚나무 속으로, 붉은 단풍으로 슬며시 스며듭니다.

    둘러보면
가을 아닌 곳이 없습니다.

[[덤]]

1) 통도사 창건 설화

2) 서방정토[極樂]는 서쪽으로 10만8000 국토를 지나서 있다.

　방위의 동쪽은 과거, 서쪽은 미래.

귀신 씨나락 까먹는 소리, 인연

선녀가 내게 자주 하던 말에 '귀신 씨나락 까먹는 소리'라는 것이 있다.

동성로 '설목雪木 다방'에서 첫 데이트를 했다. 설탕, 프리마, 커피가 다 들어 있는 커피 두 잔과 자그만 접시에 동그란 팬케이크 하나에 시럽과 버터가 나왔다. 칼 하나 포크 둘. 버터와 시럽을 바르고 칼로 이등분해서 한쪽을 반으로 접어서 포크로 집어 먹었다. 칼을 건네받은 선녀는 커피를 마시며 팬케이크 반을 더 잘게 잘라서 오물오물 귀엽게 먹었다.

나는 무슨 생각에 그런 이야기를 했을까. 시간과 공간, 엔트로피에 대해서 설익은 말을 한참 주절거렸다.

이상한 물건을 다 본다는 눈빛이었다.

그래도 어떻든 결혼까지 해서 딸, 아들 낳
아 잘 길렀다.

귀신 씨나락 까먹는 소리, 생명

  태풍 종다리가 왔다더니, 후두둑 빗방울 지
는 소리에 깨었을까.
  자정 무렵 잠이 들었는데 그만 잠에서 뚝,
깨었다.
  두 시간 잤다. 그냥, 느낌에 다시 잠들기
쉽지 않겠다.
  이런 날이었다면 선녀는
  한잠 든 내 옆구리 쿡 찔러 깨워
  '누가바' 하나 가져오라 했다.

  나도 '메로나' 가져오라고 선녀 옆구리 한
번 쿡 찔러 볼까.
  거실로 나왔더니
  선녀가 먼저 깨어 있다.
  초저녁에 내려놓은 찻잔 앞에서
  환하게 웃는다.
  선녀가 곤히 잠든 내 옆구리 쿡, 찔렀나 보다.

바닥이나 닦자. 거실 주방 복도 작은방 서
재 큰방
옷방 다용도실 현관까지
청소포 예닐곱 장 갈아 끼워가며 닦고 나니
세 시 조금 넘었다.
비는 벌써 그쳤고 밤은 깊을 대로 깊다.
적요寂寥하다.

….

에구, 영감아,
이제 들어가면 잘 수 있다. 그만 자라.

창밖이 훤하게 밝다.

[[덤]] ….
지구 형성(46억 년 전), 생물 출현(40억),
광합성 생물 출현(27억), 다세포 생물 출현(12

억), 어류 출현(5억), 양서류 육지 진출(4억), 공룡시대(2.2억), 포유류, 조류 출현(2억) - 비조류 형 공룡멸종(0.65억) ☞ 오스트랄로피테쿠스(400만), 호모에렉투스(160만), 호모사피엔스(30만), 호모사피엔스사피엔스(4만), AI(지금).

태양의 복사에너지, 태양과 달의 중력에너지가 지구라는 계에 끊임없이 낮은 엔트로피를 제공하여 비생명계와 생명계가 꼬리에 꼬리를 물고 순환[緣起]할 수 있게 한 것이다.

생물은 일정한 공간을 독점한다. 생물은 에너지 덩어리이며 물질대사를 함으로써 존재한다. 생물은 자극에 반응하고, 자라고[生長], 낳고[生殖], 진화[進化]한다. 독점한 공간 밖으로부터 고에너지(낮은 엔트로피) 물질을 받아들여서 밖으로 높은 엔트로피의 물질을 배출한다. 내부적으로는 엔트로피가 낮아진다.

생물은 먹고 배설하는 존재다. 생물이 먹는 고에너지 덩어리는 대개 다른 생물이거나 생물의 부산물이다. 생물은 먹되 먹히지 않는 존재가 되기 위해서 감촉하고, 맛보고, 냄새 맡고, 듣고, 보는 방식을 넘어 마침내 의식하는 단계로 진화했다. 전오식[前五識]과 의식[意識]

을 얻었다. 신식身識, 설식舌識, 이식耳識, 비식鼻識, 안식眼識을 얻고 의식意識, 말나식末那識까지 얻었다.

'나'는 생물이다. 일체유심조一切唯心造. 세상 모든 것은 마음이 만든 것이라는 말이다. '나'를 기준으로 하면 '마음이 나'라는 말이다. 주의할 것은 마음 자체가 '나'라는 것이지 마음에 따로 마음을 부리는 주인인 '나'가 따로 있다는 말은 아니다. ['나' = '마음'] 그 자체일 뿐 마음의 주인이 따로 있는 것은 아니다.

심우도尋牛圖에서 소를 찾는 것은 '나', 곧 '마음'을 찾는 것이다. 소년이 '소(마음)'를 찾고 길들여 마침내 다시 마을로 내려온다. 이렇게 심우도를 보면 '마음'을 길들이는 주인인 '나'가 따로 존재하게 된다. 그래서 길들인 순간을 '○'으로 표현하거나, 마을로 내려온 다음 맨 끝을 '○'으로 표현했을 것이다.

귀신 씨나락 까먹는 소리, 멧돼지

십이월에 결혼해서 이듬해 이월 봄방학 했으니 우수 무렵이다.

부엌으로 들어가서 방으로 들어가는 말 그대로 단칸 셋방. 새댁인 선녀가 연탄불을 많이 넣어 아랫목이 따끈따끈했다. 이제 사랑에 익은 선녀랑 이불 속이다.
후두둑, 후두둑 창밖엔 빗소리 깊다.

뜬금없이,
판문점 아래쪽 DMZ
판초 우의 뒤집어쓰고
매복 들어갔을 때의 추위가 떠올랐다.

이 비 맞으며 겨울 황악산 졸참나무 숲,
주둥이로 낙엽 더미 뒤지는 멧돼지는 얼마나 추울까.

또, 귀신 씨나락 까먹는 소리.

선녀가 따뜻하게 데워진 엄지와 집게손가락
으로 내 입술 위아래를 꼭 찝는다.

가을 저녁[秋夕] 일기

　구름 눈부시고 하늘 높푸르다 차에서 내리
는데 어깨 어림에 불이 닿는 것 같다. 차 닿
는 길에서 지척, 산소 앞에서 땀 범벅이다

　덥다, 덥다 해도 벌써 저녁 답 풀벌레 소리
가득하다 거실 창으로 서늘한 바람이 들어온
다. 누런 호박 한 덩이 잡아 사 등분 해서 한
쪽만 믹서기에 갈아서 호박전 굽는다

　아들 내외는 서울 집으로, 목, 금 휴가 더
내어 내려온 딸이랑 내일까지는 집 대청소하
고 추석 연휴 끝나 차로 동해 돌아 서울까지
갈까나

　큰 바퀴 쉼 없이 굴러간다

오십천 지품知品 가는 길

신양리 지나 눌곡리 오십천 구비
온 겨울 건너온
복숭아나무, 벚나무
잎보다 먼저 꽃잎을 쏟아냅니다

한 점 구름 없이 맑고 투명한 동녘에
실오라기 같은
붉은 기운이 한올 한올 피어올라
하늘은 엷은 선홍빛
산자락 넓게 펼쳐진 복사꽃 흐드러집니다

벚꽃은 길을 따라 길게 휘돌아 나가고
새하얀 꽃잎을 휘감고
어룡 한 마리
흰 구름 뚫어내며
아침 하늘로 승천합니다

이 봄,
꽃잎 같은 시 편 편 펼쳐내고 싶습니다

입추立秋에 변명하다

낼, 모레 입추 지나면 땅에서 찬 기운이 난다. 마당에 깔아둔 멍석에 누워 아버지는 목침을 베고, 나는 팔베개하고 하늘을 봤다. 모깃불 연기가 밀려나면 천정엔 별이 가득했다. 아버지는 나직나직 옛날이야기 펼쳤다. 까무룩 잠들어 깨면 방안이다.

평생을 어머니 손 거친 한복만 입고 소 아껴 거두시더니 지금은 어느 하늘 밑 논두렁길 암소랑 걸어가고 있을까.

뱃살 걱정에 몇 번 망설이다 커피에 찍어 먹던 비스킷, 새로 나온 에스프레소 맛을 샀다. 소포장 하나에 여섯 개 들었다. 그래, 커피 한 잔이야.

소포장 봉지가 수북하다.

장르 소설, 두어 회 분만 보고 꼭 닫는다며 노트북 작업 미룬다.

야명조夜鳴鳥 이야기도 하셨던가.

온 밤 건너 창밖이 훤하다.
늙은 홀아비,
이 정도는 괜찮다고 날마다 변명한다.

야명조夜鳴鳥 – 히말라야 설산에 산다는 새.
　　　밤이면 혹독한 추위 견디지 못해서 '내
　　　일은 꼭 집을 짓겠다'라고 하면서 날이
　　　새면 잊어버린다는 새./ 생로병사만큼
　　　은 대신할 남이 없다.

깃발

십이월 첫날 영축산 산마루가 그야말로 새
파랗습니다.

나무에 매달려 있던 잎이나
뒹굴던 잎이나
바위틈새에 숨어 있던 잎이나
되새 떼로 솟구치며
귀때기 떼어낼 것처럼 불어 재낍니다.

하늘을 화폭으로 그림을 그린다면
영축산 훤한 산마루가 눈부시게 드러나도록
투명한 청남색
마음껏 풀어
큰 붓으로 하늘선 그 위는
그냥, '쓰윽, 쓱' 칠하겠습니다.

뜯어놓은 솜사탕을 독수리코 영축산 산마루
에 깃발로 걸어두겠습니다.

한라산 꼭대기에도,
천지 내려다보는 백두산 제 일봉에도,
동해 먼바다 독도에도,
뾰족한 남산타워에도
걸어 펄럭이게 하겠습니다.

그대 있는 푸른 하늘 어디라도
구름 한 송이 피어난다면
그렇게
'펄럭이며 걸려있는' 내 그리움입니다.

나뭇잎 편지[葉書]

이 비 그치면

그대
새순으로
봄날은 또 싱그러우리

[시인의 말]

시를 쓰는 일은 경험을 창조하여 소통하는 것이다.

시인 10만 명 시대라 한다. 요즘은 개나 소나 시인이라는 말을 듣는다. '뜨끔'하다. 나는 왜 시를 쓸까?

1

국어국문학과로 진학하면서 시를 썼다. 그런데 그 전부터 글쓰기에 관심은 있었던 모양이다. 언젠가 어머니가 장롱 반닫이를 정리하다가 선녀에게 내 통신표(생활 통지표)를 건네주었다. 초중고 것이 다 모여 있었다. 특별활동이 모두 문예반이라며 선녀가 신기해했다.

2

새파란 20대와 이제 어른이라고 생각했던 3~40대까지는 시와 문학을 핑계로 온밤 밝히며 술 마시는 자리에 끼어 있곤 했다. 그 분위기가 시인이었다.

3

60대를 지나며 보니 '어느 60대 노부부의 이야기'처럼 밤 밝히며 이야기 나눌 사람이 없다. 삶이란 세상과 소통하는 것이라는데, 텅 빈 집을 지고 그 속에 박힌 달팽이가 되어 있다. 그저 언어를 만지작거리며 놀 뿐이다.

4

삶이란 의사소통이다. 경험하는 것이다. 사람은 말하는 동물이어서 의사소통 대부분을 말[言語]로 한다. 말에는 경험의 축적이 들어 있다.

감각을 통해서 얻게 되는 외부세계에 대한 인식이 경험이라면 사람은 언어적 자극을 통해서 그 경험을 재생할 수 있다. 이렇게 재생한 것이 이미지[心象]다. 이를 시적으로 심화한 것이 비유이다. 더 나아가면 상징이다. 이미지, 비유, 상징을 사용하여 운율과 압축으로 창조한 언어 경험이 시이다.

시를 쓴다는 것은 경험을 창조하는 일이다. 창조를 통해서 새로운 경험을 한다. 소통한다. 살아낸다.

<박해리 작은 시집>

여름의 입술

[시인의 말]

박해리

경북 상주 출생.
《주변인과시》(2002), 《대구문학》(2004)
시집『당신을 몰라봐서 애틋한 밤입니다』

연극이 끝나고

조명이 꺼지고
커튼콜이 끝나고
무대를 내려올 시간

가면이 두려운 건,

민낯일까
식어버린
가면일까

연극이 끝나면
사라지는 기린 한 마리

불행은 아름다움을 모른다

다시 가면을 쓰고
무대로 올라가는 기린

계속 얼룩을 키운다

부추기다

오염되지 않은
훼손되지 않은
기억을
기억하고 싶은 봄날 오후

저 아지랑이는
너무 많이 더러워졌다
뒤적거릴수록 무성해지는 실패
실패가 거듭될수록
기억은 봄날과는 무관한
창 안이 된다

그러나
그래서
믿고 싶다
실패를 밀어 올리는
실패가 부추긴
저 의지를

원추리가 흙을 밀어 올리고 있다

앵두

가는 중입니다
너와 내가 공들인 시간이
무엇으로 되어가는 중입니다

우리가 비바람을 피해 길러온 무엇은
부끄러움이 많은 건지
구석을 좋아하는 건지

은혜를 모르는 무엇은
얼굴을 드러내지 않고
들여다보면 금세 짓물러 버립니다

의심의 눈초리로 바라볼 때
무엇은 잠시 무엇을 보여줍니다
앵두가 되어 갑자기 말랑해집니다

만지면 터질 것 같아
우리는 앵두 앞에서 진지해지고
다시 처음처럼 선서를 하고

무엇은 다시 무엇으로 되어갑니다

조바심으로 무엇이 궁금해서
논쟁을 하기도 하지만
대개는 공들여 무엇을 기릅니다

그저 가끔씩 안부를 물어주며
우리를 묶어두고 싶어 하는
자꾸 만지고 싶어지는,

핑크뮬리

없는 우리를 찾아 떠나요
환상의 색깔은 분홍이에요
지난여름이 그랬어요

나는 분위기로 존재합니다
부풀어야 달콤해지는 솜사탕의 유전자를 가
지고 태어났습니다
핑크빛 사랑이 무르익어 갈 때란 표현을 떠
올려 봐요

함부로 손을 잡는 당신은 나를 깨트릴 수
있어
우리가 무르익어갈 때, 방심은 금물입니다

분위기는 뽕브라 같은 거라서
만지는 순간 환상은 사라집니다

분위기 속에서만 살 수 있는 우리
멀어질수록 가까워질 수 있습니다

잊히는 게 두렵다면
애틋함이란 감정을 길러보세요

한 발자국은 나를 살리고
두 발자국은 당신을 살리고
세 발자국은 우리를 살립니다

당신의 까만 눈망울이 보고 싶어져
오늘도 나는 당신에게 다가갑니다

파도

심장에서 파닥이는 나비를 잠재우려면
바닥에 쏟아지는 것들이 필요해

우리를 자꾸 벗어나는
닿으려 자주 지치는
불가능에 가까운 곳까지
쏟아져버리는 것들

그것이 공교롭게도 더러운 바닥 위라면
좀 더 나비를 오래 잠재우겠지

그러면 우린 함께 손을 꼭 잡고
오랜 잠을 자겠지
태양처럼 환해져서
서로에게 아침이 되어줄 거야

부서질 파도를 미리 상상하고 싶진 않아
그건 우리가 원하지 않는 진실

우리의 나비는 아름다움을 중요하게 생각하지
나비가 심장을 떠날 수 없는 이유이지

오직 사는 것만이 서로를 살아낼 수 있어
주워야 할 떨어진 바닥과
정리해야 할 흐트러진 바닥이 필요할 거야

이건 모두가 알고 있는 비밀이야
나만 아는 비밀을 누설하는 밤처럼
우리가 다시 밀려오고 있어

종달새

영어 유치원 수업 첫 날

젤리는 젤리 같고
앨리스는 앨리스 같고

로미는 로미 같고
헨리는 헨리 같다

신기하기도 하지
이국의 이름을 껴입고 앉아 있는
종달새들

단번에 알아봤다
늙지도 않는 명랑한 통증
시와 높은 도에서
언제나 발랄한

통증은 한쪽만 편애한다
왼쪽은 오늘도 외롭다

저 눈빛은 늘 거추장스러워
왼쪽을 데리고 공원에 간다

사람들 틈에 너를 풀어놓고
꼬리 흔들며 다가오는 강아지에게
왼쪽을 던져주면
통증은 어느새 다정해진다

생활의 발견

고여 있는 물인 걸 들키기 싫어
흐르는 물인 척 목소리를 높인다

베란다 문을 열까
TV를 켤까
세탁기를 돌릴까

나는 수화기 너머로 명랑한 사람이 되고

갑자기 걷어낸 암막커튼에 놀란 물들이
순식간에 튀어버렸지만
생활을 알려주는 소음들이
물을 다시 흐르게 한다

그것은 일종의 익숙함 같은 것
톤업 크림처럼 안을 밖으로 밖을 안으로
자연스럽게 스며들게 하여
물을 빛나게 하는 것
익숙한 것은 덧발라도 자국이 남지 않는다

밀려드는 너를 골고루 펴 바르면
오늘이 어제처럼 밀착되어 화사해진다

잘 지내지?
한번 볼까?

들뜨지 않은 오늘의 화장이 마음에 든다

안부

그럭저럭 지냅니다
당신이 떠나간 방향으로 고개를 둔 채
구름의 안색을 살피며 날씨를 검색합니다

팔월 지난 맨드라미의 심정으로
여름의 심心 하나 품고 있는 분꽃의 의지로

날짜변경선은 이동하고 있는데
익어가는 사과의 행방이 묘연합니다

당신의 출처를 파헤치는 밤의 손톱
최선은 자주 피 흘리고
하루가 매몰되어 갑니다

공원 벤치에 앉아 있으면 축축한 기분이 듭
니다
당신이 파도로 밀려오던 해안은 아슬합니다

공원에서는 파도 대신 그네를 탑니다
안정적인 자세가 됩니다

당신과 함께 흔들리던 그 밤의 기분이
벌어진 밤 공원에 떨어져 있어
자주 줍는 사람이 됩니다

밤은 언제나 공원에 있고
사람들은 달려오지 않아 안심이 됩니다

운동기구에 앉아 운동합니다
건강하고 행복한 사람처럼 보입니다

생활을 잊고 여가를 즐깁니다

풍경 1
-수성못 둥지섬

바람이 눕는다

해질녘, 하루를 건너온 태양의 탱고 선율이
끝나자 물풀의 허리를 안고 바람이 호수의 체
위로 눕는다 물풀이 바람을 연주하는지 바람
이 물풀을 연주하는지, 스며든 그들 사이에서
오늘도 방울새가 태어난다 물풀과 바람을 반
반 가진 방울새 노래엔 풀잎 냄새가 난다

바람처럼 어디로든 통통 튀는

둥지섬 새들의 휘파람소리가 물의 신을 부
른다 오늘의 날씨와 오리배의 기분을 점쳐본
다 왜가리가 품은 둥지 속 여름 혓속이 붉어,
죽었던 어제의 저녁이 잊히고 내일의 날씨가
궁금해지는 건 노을의 종교 덕분이다

검정을 열고 들락거리는 가마우지, 어둠으
로 뭉쳐진 검정은 경계를 넘기에 물렁한 색,

검은색 몸에서 하얀 똥들이 물 위에 빗방울처럼 떨어진다

　고독은 검정일까 흰색일까

　가마우지가 고독 속에 웅크리고 앉아 다른 고독을 응시하고 있다 나뭇가지 끝에서 부는 바람에 고독은 잠깐 흔들렸다가

　다시 고독해졌다

여름의 입술

여름은
감정을 짜내기 좋은 캔버스
웅크려있던 수치가
접시꽃으로 활짝 핀다

어제의 접시꽃은 비천함이었는데
오늘의 열정은 맨드라미

맨드라미는 어제의 비참이었는데
내일은 분꽃으로 온다

*

뱉어낸 말들이 분꽃 씨앗처럼 검다

견뎌낸 것들의 말이란
둥글고 고요한 것일까

저것이 여름의 언어라면
저 둥근 검정은 견딤이다

견디고 견뎌서 초록
찬란하고 찬란해서 자주
헤지고 헤져서 연두를 지나

여름이 여문 감정 하나 내걸고 있다

귀 기울이면
종소리 들린다

*

맨드라미 비명이
터져 나오는 8월은 겹겹이 붉다

입을 잃어버린 말들이
울음으로 맺혀있다

그것은 사막을 건너는 방식

뱉어내지 못한 고백이
뒤늦게 터져 나올 때
비로소 입술을 가지는
끝물의 방식

맨드라미가 쌓아 올린 여름 왕국이 허물어
진다

폐허의 자리,
그곳에서 바람은 다시 분다

희망적인

공원이 어디에 있든
나에게 따라붙는* 나날들
있었다
있다
그건 계속해서 나에게 빠져든다는 것
그래서 그건 슬픈 일이었는데
다행인 일이라서
즐거운 일이 되었다
너에게 빠져들고 싶은데
그건 진짜 슬픈 일이 될 것 같아
포기하고 나니 공원이 자꾸 생겨난다
그건 막막한 일
막막해서 다행인 일
공원을 걸어야 하는 일이 생기는 건
슬프지만
희망적이다

* 한연희의 시 '율동공원' 중에서 인용

능소화를 뒤집다

짓물러 가는 것들의 배후에 담장이 있다

섞이지 못한 것들이 녹아
스며들기 좋은 곳
담장은 다정을 파종한다

서로를 안고 뿌리내리는
깊이와 높이

결속으로 태어나는 사다리이다가
바람 불면 종소리 울리기도 하는

상하다 무너지고
긁히다 부서지고

그건 담장 안의 일
몰라서 우리는 다정해질 수 있고

주황은 끝내 견디는 색이라서

담장이 평화를 속삭이자
속이며 속으며
안은 밖을 지켜준다

어둠을 달려 얻은 색으로
다정이 짓물러 가고

회화나무가 소문을 들려주는 밤,
먼 곳이 담장 위로 뜨면
한여름 밤의 꿈처럼 우리 악수 할까요

간헐적 단식을 하기에 여름은
도달하려는 것들로 부추겨지고
넘어 너머는 환한가요
질끈 결심하는

보세요 담장을 넘어서는 순간
비로소,
능소화

무례해서

바위입니까
소나무입니까

바위를 뚫고 나온 소나무가 푸릅니다

생명은 저런 것이지, 라고 감탄한다면
당신은 바위의 의중을 읽지 못한
무례한 사람입니다

바위는 나무를 위해 틈을 마련해 줍니다
자신의 심장을 쩍 가르며
배려와 의중을 펼쳐 보입니다

뚝뚝 떨어지는 붉은 이파리가 애처로워 보
인다면

당신은 가을을 읽지 않고
바위의 심중을 읽은 사람,

감탄사는 이런 곳에 찍혀야 하지요

실례를 무릅쓰고 들어온 저 소나무는
무례합니다

무례하고 무례해서
숲은 숲을 이룹니다

바위의 심중이 새를 키우고
꽃은 철없이 피어납니다

철없는 것들은
언제 철이 들어
저렇게 심장을 쩍 보여주는 것들의
심중을 읽을까요

철없는 것들이
영원히 철들지 않아

봄이 옵니다 숲을 이룹니다

다시

냉장고에 넣어둔 콩나물국이 시원하다
다시마가 우려낸 맑은 맛이다

다시가 다시를 일으켜 세운다
다시는 밀려오는 파도다

빤한 제 이름을 잊고
어제를 잊고
새 이름을 쓰는 백치라서
다시는 무구하다

늦은 저녁,
식당을 찾아 소읍을 돌아다니던
운 좋게 발견한 국밥집에서
우리에게 남아있는 운을 점치며
국밥을 떠넘기던 시간

온통 늦게 도착한 것들이
다시 속에서 비릿하던

그곳에,
다시 늦게 도착하고 싶다

~*

물결무늬로 끝나지 않은 당신의 답장에
하루가 쏟아지고
나는 커피로 엎질러집니다

물의 곡선처럼 부드러워지지 못해
우리는 자주 부러집니다

물결을 따라가면 물결,
물결은 언제나 다정한 얼굴입니다

다정한 물결무늬를 따라 흘러간 시간들이
당신을 바다에 데려다 주었습니까

물결의 다정을 패배로 읽은 당신
흘러가려는 물결을 숨기기에 바쁜 당신은
차라리 냉담을 선택합니다

부드러운 저 곡선을 어떻게 자를지
물결의 끝을 잡고 가늠하느라 그만

마침표를 찍고 맙니다

물결무늬의 의도를 냉담이 아니라
다정으로 믿는 나는,
당신의 마침표 옆에

물결무늬 하나 그리는 발랄한 상상을 하며
사막에 물결 하나 만듭니다

엎질러진 우리가 물결 사이로 흘러갑니다

* 스마트폰 자판에 있는 문자 표시

모두 알고 있는 비밀을
나만 알고 있는 것처럼
성큼 걸어 들어가지도 못한 채
너무 비장한 표정으로
파도 주변을 서성이고 있다
천 개의 표정을 감추고 파도는 밀려오는데
아직도 준비된 표정은 하나
삐에로의 빨간 코라도 붙이면
파닥이는 나비를 잠재울 수 있을까
천 개의 발톱을 숨기고 파도가 밀려오는데….

<유종호 작은 시집>

어디에서 오나, 꽃빛

꽃빛/ 그랭이질/ 봄/ 강남 오리/ 불일암 후
박나무 그늘 아래/ 가을 수묵화/ 찻집 샤갈에
서 만난 소녀/ 부부의 종교/ 불청객/ 마로니
에 열매/ 목욕탕에서/ 어떻게 좀 안 될까요/
보리누름철 청도읍성/ 돈/ 큰마음

[시인의 말]

유종호

경북 영덕 출생. 《우리문학》(1991) 시,
《주변인과시》(2000) 소시집
《아동문예》(2000) 동화

꽃빛

은하에서 건너오나
새들이 물어오나
나비의 꿈이 꽃잎 속에 스며들었나
뿌리 속에 줄기 속에 잎 속에 없는 꽃빛
저 예쁜 꽃빛 어디에서 오나

꽃문 열리는 소리 듣고 싶어서
꽃잎 닫는 가슴 안아주고 싶어서
지는 꽃 가는 길 바래주고 싶어서

잠깐 부처 말고 찰나 꽃 말고
한 열흘 부처 한 백일 꽃
석 달 사랑 말고 천 년 사랑

그랭이질

누구를 좋아하는 일은
울퉁불퉁 막돌 초석에 맞추어
매끈한 나무 기둥 몇 군데를 헐어내는 일

누구를 진짜 좋아하는 일은
물이 낸 물길을 따라
그가 낸 길에 내 마음을 띄우는 일

태풍이 몰아쳐도
땅이 흔들려도
어긋나지 않는
모난 돌과 못난 나무가 만나
하나 되는 일

봄

칼을 잡아야 하는 시간이 있고
붓을 잡아야 하는 시간이 있다

네가 내 옆에 있고부터
나는 꽃삽만 들고 있다

강남 오리

강남의 물새는
하루에 필요한 물고기가 몇 마리나 되나

강북의 산새는
하룻밤 자는데 몇 개의 나뭇가지가 필요한
가

꽃놀이판 세상에
꽃놀이패를 들고 머뭇거리는 저 새

채울수록 갈증 나는 소금성을 쌓느라
사방에 꽃길을 두고 발밑만 보고 있네

가슴 한켠 비우고 빗장 열면
정원의 나비가 하는 말을 알아듣고
울타리 걷고 함께 하면
구름이 내려와 무동 태워줄 텐데

강물은 넘치고 물고기는 살찌는데
풍덩 뛰어들지를 못하네

불일암 후박나무 그늘 아래

진흙소는 그림자도 못 봤고
이제 겨우 얼룩소를 찾았으나
자꾸 달아나려고 한다
번개 친 뒤의 어둠이 더 적막하고
아득하여
물소리 새소리 지팡이 삼아
또 불일암을 오르니
편백나무 향과 대숲 바람소리가 마중하면서
티끌의 반을 털어준다
감로수 한 잔으로 목을 축이고
후박나무 사리함을 열어
마음에 드는 열매를 집는다
"나를 내어 바치는 사랑을 하세요"
"이 세상에서 가장 위대한 종교는 친절입니
다"
코뚜레를 새로 끼웠으니
한동안 소가 순할 것 같다

가을 수묵화

가을볕 앉혀놓고
비구니 둘이 머리를 민다
얼굴을 보다 말고 이따금
거울에 비친 하늘을 본다
파란 호수에 늙은 여승의 한 생애가
돛단배처럼 지나간다

거울 속의 낮달 두 개가 점점 작아진다
삭도를 놓으며
미리 나온 낮달이 입을 연다
오늘 점심 공양은 고구마로 할까요 스님
옥수수도 두엇 삶고
열무김치가 맛이 들었으려나
젊은 낮달이 하얀 이를 드러내며
텃밭으로 걸어간다
앞발을 길게 뻗으며 하품하던 고양이가
낮달의 뒤를 보살처럼 따르고 있고

찻집 샤갈에서 만난 소녀

굶주린 너구리들에게
진주를 나눠준
아름다운 소녀의 이야기를 아시는지요
세상은 때로
상을 받아야 할 이에게
벌을 주고
벌을 받아야 할 이에게
상을 주기도 하나 봅니다

눈 내리는 날
찻집 샤갈에서
하얀 심장을 가진 소녀를 만났습니다
소녀가 물었습니다
겨울 강가, 홀로 서성이는 맨발의 여우와
깊은 산, 길 잃은 사슴을 만난다면
기꺼이 신발과 외투를 벗어줄 수 있는지를

확신할 수 없었기에
침묵할 수밖에 없었습니다

샤갈을 나오니
눈발은 더 굵어졌고
저는 목도리를 벗어
그녀 목에 두르는 것으로
답을 대신했습니다

부부의 종교

저것 봐 저렇다니까

목뒤에는 노래방에서 훔쳐 온
낯선 꽃무늬가 있고
심장에는 사무실 복도에서 만난
어린 오렌지 나무가 자라고
머릿속에는 지하철에서 본
나비 문신이 날아다니네

그런데도 마음은 안 씻고 머리는 안 털고
샤워기로 몸만 열심히 씻고는
클래식을 듣네 분홍 침대로 들어가서
빨간 전등을 켜네 팔베개를 하네

부부의 종교는 신뢰일까 사랑일까
의리와 정 사이에 난 길로 자식이 걸어가네

하긴 산과 강 사이에는
속닥하고 조붓한 오솔길이 있지

비무장 지대 같은
새들이 쉬어가는 갈대숲이 있지

불청객

딸기를 입에 물다가
축구 결승골을 보다가
아득해지면서
문득 죽음

결혼식장 뷔페에서 육회를 씹다가
가창댐 줄장미 향기를 맡다가
아찔해지면서
문득 죽음

장례식장에서
전쟁 영화를 보면서
사고 현장에서도
정작 떠오르지 않던 것이

수성못 수달이 수영하는 것 보면서
7번 국도 삼화리에서 복사꽃 사진을 찍다가
스르르 힘이 빠지면서
문득 죽음

모나코
장 프랑소와 모리스의 목소리에도 끼어드네
갑자기 훅 들어와서 나를 눕히네

마로니에 열매

밤인 줄 알았다
개량종 아니면 서양 밤

마로니에 열매였다
그걸 아는데 반백년이 걸렸다
오독과 환청
착각과 착시
때문에 놓친 봄꽃과 여름 나비

강바람에 떠밀려
먼바다로 간 한참 뒤에야
떠난 것들의 이름을 부른다

저녁 강 물새처럼
산골짝 도라지꽃처럼

목욕탕에서

어릴 때는 얼굴을 먼저 본다

10대는 문신이 먼저 보이고
20대는 가슴과 팔뚝
30대는 배꼽 밑을 안 보는 척 보고
40대는 어린애들 노는 모습이 보인다
50대는 허리와 뱃살이 먼저 보이고
60대는 허벅지에 자꾸 눈이 간다

7학년이 되면 머리카락이 먼저 보이고
8학년이 되면 자기 몸만 본다
9학년은 아무것도 안 본다
전체가 다 보이려면
몇 학년이 되어야 할까?

어떻게 좀 안 될까요

봄비는 연두
첫눈은 분홍으로 오면 안 되나

방울꽃은 가끔 좋아하는 신선나비를 찾아
언덕 넘으면 안 되나

왜 냇물은 뒤처지는 친구를 위해
왔던 길 돌아서 가면 안 되나

뜨거운 사막을 맨발로 건너는 저 낙타에게
누가 신발 좀 신겨주면 안 되나
양산 좀 씌워주면 안 되나

비비새는 자벌레처럼 기어보고
자벌레는 비비새처럼 날아보면 안 되나
일 년에 한 번도 안 되나

치매 걸린 엄마 겨울 달빛 위에
내 봄볕을 깎아 뿌려주고 싶은데

이미 흙이 되고 바람이 되었네
다시 불러 고스톱 치다가
모르는 척 져주고 싶은데
어떻게 좀 안 될까요?

보리누름철 청도읍성

죽창과 조선낫이 번뜩여야 할 성벽 위엔
빨갛고 노란 깃발들만 복사꽃처럼 피어 있고
그 깃발에 앉았던 종달새가
피스 피스하며
억만고 쪽으로 날아간다

전쟁 없이 살았구나
배곯지 않고 살았구나
누가 가져다 준 것일까
이 평화, 이 풍요
물 마시며 우물 판 사람 떠올리듯
성벽에 기대 잠시 생각에 잠긴다

성벽 밑에는 마름쇠 대신
잔디가 파란 햇살을 굴리고
성 밖에는 환호와 목책 대신
작약과 양귀비가 나비 무동을 태우고 있다

한 바퀴 돌면 건강, 두 바퀴는 장수
세 바퀴 돌면 소원 성취한다지만
나는 더 바라는 게 없어서
한 바퀴만 돈다

내 마음을 저 새도 아는 걸까
곡식 창고 억만고에 앉았던 종달새가
해피 해피하며
향교 느티나무 쪽으로 날아간다

돈

신사임당은 사람 볼 줄 모른다
율곡도 사람 볼 줄 모른다
대왕 세종도 마찬가지다
사람 볼 줄 안다면
왜 나와 착한 내 친구 천수 호주머니에
돈이 없는가

한국은행은 앞으로 돈 만들 때
대왕님께 안경을 씌워 드리시오
그리고 대왕 세종께서도
큰길로만 다니시지 마시고
골목길도 다니시오

큰마음

소리 중에 가장 듣기 좋은 소리는 고요이고
향기 중에 가장 아름다운 향기는 무향이며
욕심 중에 가장 큰 욕심은 무욕이라지요

그럼 마음 중에서 가장 멋진 마음은
무심일까요?
사랑일까요?

[시인의 말]

꽃나무가 없으면 어디다
그리움 걸어놓고

바람 아니면 어디다
마음을 띄우며

새가 사라지면 쓸쓸할 때
누가 와서 노래를 불러줄까

달이 안 뜨고
구름이 안 보이면 무슨 맛으로
하늘을 쳐다보며

당신이 없으면
무슨 재미로 시를 쓸까

나는 오늘도
꽃과 새와 달과 바람과 당신의 말을
빙의된 무녀처럼 중얼거린다

<최돈석 작은 시집>

가을, 노랑나비

[시인의 말]

최돈석

강원 평창 출생. 경주에서 교직 생활 후 퇴직.
시 전문지 《주변인과시》, 《시》 등에 시와 평론 작품 활
동. 시집 『강철 희망』(2003)

그녀

거제 5일장
쑥 한 소쿠리 떨이하고
느릿느릿 걸음 옮기던 남루한 스웨터 할머니
난전에 내놓은 화분 한참을 살피다
붉은 팬지 하나 골라
꼬깃꼬깃 지전 몇 푼 건네주고
무심히 사라진다

한 할머니,
홀연 그녀가 되는
어느 봄날.

그 봄날

— 윤영에게

자네 오시던 그 봄날
햇살은 특별히 더
따스했던가 아니었던가
느티나무 잎새는 그날따라 더 투명했던가
아니었던가

하지만 분명,
이 땅 삼라만상 조금씩 제 자리를 덜어내
새 식구 설 자리를 마련해줬겠지
그건 분명 그랬겠지
어서 오시게, 무언의 인사도 건넸겠지
그건 분명 그랬겠지

유정 무정한 그 이웃들 틈에
자네 오시던 그 순간
이 우주도 조금 더 부풀어 올랐겠지
분명 그랬겠지,

그러니
잊지 마시게
자네 오시던 그 봄날

그러니
잊지 마시게
자네 살아갈 이 세상

감꽃 연가

어느 봄밤
하필이면 술잔에
파문을 일으키며 떨어진
감꽃 하나
그걸 마시고 회임했다던 한 여자
가슴 속 작은 화분에
그 감꽃 몰래 묻어뒀다던
그 여자

이순의 어느 가을
그 감나무 아래 그와 다시 마주 앉아
소주잔에 홍시 하나 올칵 토해내고 나니
뭔 일이래
주책없이 눈시울이 젖어 와
얼핏 쳐다본
하늘 한 모퉁이

떨어질 듯 질 듯 나부끼는
가혹한 붉은 이파리들

그래도 아름답긴 하더라던
그 여자

겨울 산행

성글고 헐거운
겨울 산에 드니
바람의 길도
내 눈길도 편안하다
지난 계절 내내 우리를 얽어맸던
그 뻑뻑하고 짙은 색의 향연을 견뎌내고
이제 허술해진 숲, 투명한 나뭇잎들

흔들리고 싶을 때 바람을 불러 흔들리고
고요하고 싶을 때 바람을 잠재워 고요한
이 겨울 숲, 自在에 든 나무들

침묵과 소란 사이
흘러야 한다는 강박을 비로소 풀고
견고히 멈춘 시간
거기 몸 맡기면
마치 어떤 낯선 세상의 문 앞에 도달할 듯
한.

통도사 홍매

지난겨울
곡기 끊은 장좌불와
그 피골상접의 위엄으로
적멸의 입구에 앉아 계시더니

입춘 지나자 슬금슬금 눈 떠
어느 날 갑자기
봉기하듯 피어나는 열꽃들

꽃은 식물의 성기라는데
절집 마당, 한순간에 벌어진
저 무례한 황홀

불이문으로 향하는 젊은 스님의 그림자
꽃향기에 잠시 흔들리는 오후!

그리워하다

별 그리고
저 숱한 바위들
끝내 그리움은 그리움인 채로 남아
딱딱하게 굳어지던
그런 때도 있었구나

간절곳 느린 우체통,
몇 달이든 며칠이든
그래도 간절하면 닿을 수도 있었던
그런 시절도 있었구나

이젠 박제되어 사전 속에 갇힌 그리움
별도 돌도 손끝의 조바심도 사라지고
그리울 사람은 그립기도 전에 호출되어
더는 그리운 사람으로 남지 않는
이 신통한 시대

나는
가로등 점등될 무렵이면

촌스러운 옷을 입고 거리를 서성거린다
　있지도 않은 그리움의 거처를 무한 검색해
가면서
　가물가물한 이름들을 간신히 불러보면서

잠시,

산에 들어서면
발끝에 툭툭 차이는 돌부리며 나무뿌리들
거기에만 몰두하게 된다.

어제 들은 당혹스런 부음
내일의 건강검진
멀리서 들리는 멧비둘기 울음
그런 거 사라지고
깊은 고요 속에서 뛰는 심장
그게 나의 근거인지
아닌지도 잊은 채
바람처럼
물처럼
그냥 가게 된다.

오래 산을 걷다 보면
지나온 길 가뭇없이 사라지고
갈 길 보이지 않으니

아주 잠시, 나는 가는 듯 멈춰
신원 미상의 머뭇거림이 된다.

샐러드 집게

샐러드 집게를 사서 차에 두고 왔다. 내려가서 가져올까? 아니, 당장 필요한 것도 아닌데 내일 가져오지.

책갈피로, 뉴스 꼭지 사이로 그 샐러드 집게가 자꾸 개입해 단어들을 뒤적거린다. 영육간에 양식이 되는 것들도 해로운 것들도 그 집게가 집요하게 뒤섞어 버린다. 에라 모르겠다. 나는 아예 소파에 누워 샐러드 집게에 대해 생각한다.

오월의 바람결이 초로의 우리 생을 스치던 오늘 저녁 무렵 아내와 나는 동네에 새로 생긴 가게에 그냥, 잠시, 들렀다. 이것저것 살피던 중 아내는 오랜만에 걸려온 반가운 지인의 전화를 받았고 그 사이 나는 스테인리스 광택이 아름다운 샐러드 집게를 샀다. 아내는 경기도에서 보건교사를 한다는 그 딸에 대해 이야기 했고 에이, 세일도 아닌데 다른 건 나중에

사자며, 얼른 저녁 먹고 텃밭에 가자며 나를 끌었고, 첫 번째 들른 식당엔 자리가 없어 다음 식당에서 그렇고 그런 떡갈비 정식을 먹었고, 텃밭에서 나는 감자 포기마다 북을 주고 방울토마토에 계란껍질 가루를 묻어 주고 아내는 푸른 추억같은 상추잎과 쑥갓을 똑똑 따며 소녀처럼 나풀거렸고.

   이제 점점 우리와 함께 나이를 먹으며 광택이 사라질 샐러드 집게를 볼 때마다, 그때만 해도 제법 머리가 검었던 우리 인생의 어느 저녁, 감자꽃 필 무렵 산들바람이 불던 텃밭과 약간 실패했던 저녁 메뉴, 그게 뭐였더라, 보건교사로 근무한다던 그 집 딸내미는 지금 아이가 몇일까, 그런 생각을 떠올릴 수 있겠다도 싶어, 잠시 눈물겨워 이것이 인생인가 싶어지며, 그러다 문득 모든 것이 허전해지며, 벌써 오래 사용해 애틋해진 듯한 샐러드 집게를 결국 버릴 수 없을 것을 새삼 생각하며.

점심點心

나이 들수록 단백질을 많이 먹어야 한다는 말이
제법 절실하게 들리는 오늘
내 점심은 찬물에 만 밥에 풋고추, 열무김치와 무장아찌

한술 뜨고 나면 푸른 식물이 될 것만 같아
잠시 끈적한 기름기 씻고 빈혈처럼 나부껴도 좋을 것만 같아
짭짤한 그 맛의 뿌리가 유년에 닿을 것만 같아
밥알처럼 나도 찬물에 몸 담가 오롯해질 것만 같아

거기 아직 젊은 엄마가 계시고
삼중당 문고를 주머니에 넣고 다니던 내 사춘기가 있을 것 같아

아내 몰래 오늘 점심은
차디찬 추억에 밥을 말아
짭짤하고 흐린 시력으로
느리게 먹는 풋고추, 열무김치, 무장아찌.

인생

햇살 환한 어느 가을 아침
아내를 도와 수건을 갠다
개업, 연수, 방문, 준공, 취임, 퇴임, 입소, 퇴소
이런저런 기념, 축하, 환영, 감사……

알고 보면
기쁨과 서운함이 뒤섞이고
감사와 과시가 불분명한
축하인지 위로인지 구분되지 않는 그 많은 일들을
겪으며, 견디며
나는 살아 온 것인가

1990년 아파트 모델하우스 방문
그때 내 나이 서른 즈음
맞아, 서너 살 아들 손 잡고
처음으로 스물네 평 내집 모델하우스를 보러 갔던

그날도 생각나네
이만하면 좋다고 미소 짓던 아내와
신기한 듯 뛰어다니던 어린 아들.

2005년 학교 도서관 리모델링 마무리
아이들의 꿈은 지금도 거기 잠들어 있을까
날아 올랐을까
자격연수 수료, 2010년
승진 소식 전했을 때 놀라던 아내 목소리

깊숙한 장롱 속에서 갑자기 쏟아져 나와
잠시 흐린 시력의 초점을 맞추어 주는
색깔도 사연도 각기 다른 조각난 언어들

햇살 환한 어느 가을 아침
'이 수건이 여기 있었네…….'
잠시 말없이 추억에 젖으며

저녁 무렵에

어디로 갔나
학창 시절 내내 함께했던 보라색 샤프펜슬
집에 두고라도 온 날이면
수업에 집중조차 잘 되지 않았던

알 수 없는 일은
그게 언제 어떻게 내 손을 떠나게 됐는지
지금은 기억조차 나지 않는

고장이 나서 버렸는지
잃어버렸는지
아니면 관심의 지평선 너머로 석양처럼 사
라졌는지

그때 나는
허둥거렸을까
슬퍼했을까
쓸쓸해졌을까
결국 생각조차 나지 않는

추석이 다가오는 저녁 무렵
초로의 아내와 마주 앉아
몇 해 전 돌아가신 부모님을 추억한다

중과부적
아내의 흰머리에
지는 햇살, 유난히 반짝이며 부서진다

추분과 한로 사이

일생을 한해로 줄여 놓고 보면
추분과 한로 사이
이때가 어림잡아 지금 내 나이

가을바람에 펄럭이는 달력은
헐어 놓은 이달까지 꼭 세 장

10월은 고흐의 '낮잠'
11월은 '론강의 별이 빛나는 밤'
그리고 마지막 장은 모네의 '눈 덮인 지베
르니의 입구'

추수하다 잠시 단잠에 빠졌거나
가을밤 별 총총한 강변을 걷거나
그래도 아직은 나란한 두 사람
그리고

인적 없이 적막하고 싸늘한 12월

가을, 노랑나비

가을 숲속 노랑나비
넌 어느 봄날 어느 들판을 날다
길을 잃고 여기로 왔니

그러고 보니 팔랑팔랑은 갈팡질팡과는 다른
거지
잃은 게 아니라 가던 길 그대로인 거지
봄에서 한 모퉁이 돌면 가을인 거지
또 한 모퉁이 돌면
막다른 산골짝인 거지
한눈 잠시 팔다 보면
전생인 듯 후생인 듯 그렇고 그런 거지

어느 조그만 틈새로 바람에 실려 날아들면
문득 또 낯선 어디쯤인 거지

편지

이 가을 제가
발신인이 흐려진 엽서 한 잎 당신께 보내드리면
아득한 표정 한번 지어 주실 수 있을는지요
이 가을 제가
뜬금없는 소식 한 토막
당신께 송신해 드리면
지는 노을 같은 쓸쓸한 미소 한번
지어 주실 수 있을는지요
저녁이 내려앉는 거리에
일제히 점등되는 가로등처럼
불현듯 떠오르는 추억 하나쯤
답신으로 보내주실 수 있을는지요

그도 저도 아니라면
해마다 이맘때쯤이면
인수人獸와 초목 모두 한 번씩 그러는 거라고
오랜만에 꺼낸 당신의 일기장에
무겁지 않은 그리움의 언어로

몇 마디 독백이라도 적어주실 수 있을는지요

이 가을
제가…….

승천

여문 열매들 후둑후둑 떨어질 때
여름내 경작에 골몰했던 나뭇잎,
때 되었다는 듯 손 탁탁 털며
일제히 날아오른다.

언젠가 저들도 지상에 내려앉겠지만
그건 이미 나뭇잎은 아니리라
빛바랜 유서, 흐릿한 비명碑銘
아니면 버리고 간 낡은 옷가지 같은 것

그러고 보니
이 가을 저녁
하늘엔 황금빛 석양,
무게를 잃고 반짝이는 단풍 같은 구름 조각,
그 잎잎을 물고 바람에 몸 실어
하늘하늘 천구 너머로 사라지는 한 무리 새
떼들.

[시인의 말]

　시인의 목소리는 커야 한다는 말이 있다. 시인은 귀가 밝아야 한다는 말도 있다. 사십 년 전 우리는 시를 싸움이라고 생각했다. 다만 맨손의 싸움[白戰]. 적은 분명한 모습으로 우리 외부에 있었다. 적어도 그렇게 생각했다. 우리는 큰 목소리를 내려고 노력했다.

　사십 년이 흐르고 세상은 바뀌었다. 물론 이 말이 좋아졌다는 뜻은 아니다. 세상은 복잡해졌다. 시인이 언어의 화살로 겨냥했던 과녁은 파편화되어 도처로 흩어졌다. 진위와 피아, 좋음과 나쁨, 원본과 복사본의 구분이 불분명해졌다. 정의는 개인의 편의로 대체되었고 인공지능의 등장으로 인간의 영역은 대규모로 축소되었다. 이제 시작인데도 벌써 지적, 예술적 분야에서조차 그 생산의 주체가 인간인지 아닌지 판별하기 어려워졌다. 그 판별은 또 다른 인공지능의 도움을 통해서만 가능하다는 것이 더 이상 놀랍지도 않다. 이세돌과 마이클 샌델은 최후의 당랑螳螂이었다.

나-우리-시인은 이런 언저리에서 모기만 한 목소리로 시를 쓴다. 목소리는 작아졌으나 그것은 클 필요가 없기 때문이지 무기력 때문은 아니라고 안간힘을 쓰면서. 아직도 이 세상에 시를 쓰는 사람들이 '있다'는 것, 옳고 그름을 분별하려는 인간의 목소리는 나직하지만 여전히 '있다'는 것을 증명이라도 하려는 듯.

다시, 백전

초판 발행 2025년 1월 5일

지은이 김복진, 문학철, 박해리, 유종호, 최돈석

펴낸이 김복환

펴낸곳 도서출판 지식나무

등록번호 제 301-2014-078호

주소 서울시 중구 수표로 12길 24

전화 02-2264-2305

이메일 booksesang@hanmail.net

ISBN 979-11-87170-84-6

값 12,000원